Apologie pour les r

Thierry Sandre

Alpha Editions

This edition published in 2024

ISBN : 9789366387970

Design and Setting By
Alpha Editions
www.alphaedis.com
Email - info@alphaedis.com

Contents

GÉNÉRALITÉS PRÉPARATOIRES

Vous êtes à pied dans la rue. Si une limousine en passant vous éclabousse, vous vous écriez :

— « Cochon de Nouveau-riche! »

Vous dînez au restaurant. Près de vous, on débouche une bouteille de Champagne. Vous vous dites :

— « Ces Nouveaux-riches! »

Un jour de grève des omnibus, vous arrêtez un taxi, parce que vous êtes pressé. Quelqu'un se précipite vers le chauffeur en lui promettant vingt francs de pourboire. Vous grognez :

— « Nouveau-riche! »

Au théâtre, dans une loge, vous apercevez des hommes en veston. Vous jugez :

— « Encore des Nouveaux-riches. »

On vous marche sur le pied :

— « C'est un Nouveau-riche. »

Vous voyez une jolie petite grue qui monte en voiture :

— « C'est pour un Nouveau-riche. »

On vous rapporte un propos bête comme tout :

— « C'est d'un Nouveau-riche. »

Mais qu'est-ce enfin qu'un Nouveau-riche?

*

* *

Un Nouveau-riche, c'est :

I.	— Un individu qui était un homme en 1914 et qui est un Monsieur en 1920 ;
	— Un homme qui, souvent, parlait à la troisième personne en 1914, et à qui on parle à la troisième personne en 1920 ;
	— Un Monsieur qui vous saluait en 1914, et qui attend votre salut en 1920 ;

II.	— Un individu qui n'avait pas		
	— Un homme qui a gagné	}	de l'argent.
	— Un Monsieur qui a		
III.	— Un individu		
	— Un homme	}	qui ne mérite pas d'en avoir.
	— Un Monsieur		
IV.	— Un individu		
	— Un homme	}	qui ne sait pas s'en servir.
	— Un Monsieur		
V.	— Un individu		
	— Un homme	}	qui se moque de vous et de moi.
	— Un Monsieur		

*
* *

Le Nouveau-riche est à peu près le seul avantage que nous ayons tiré de la guerre. Il est considérable.

Le Nouveau-riche est à peu près le seul homme de France à qui la guerre ait été de quelque profit. Ce profit, il est vrai, fut grand.

*
* *

Le Nouveau-riche a fait fortune, pendant la guerre, en vendant des choses à l'État, ou en vendant d'autres choses aux simples particuliers. Quelquefois, il menait les deux commerces.

L'État, qui a l'avantage de faire payer ses factures par les contribuables, achetait à n'importe quel prix, pourvu qu'il fixât lui-même ce prix. Il le fixait n'importe comment, au hasard de préférence, mais avec un goût de l'excessif que les monarchies les plus dépensières n'ont jamais connu.

Pour la vente aux simples particuliers, par manière de compensation, c'est le marchand qui fixait les prix. En citoyen libre d'une libre république, il les fixait avec une fantaisie que les humoristes les plus audacieux n'auraient pas inventée.

Notons seulement qu'en France les simples particuliers et les contribuables se confondent. Si nous ne sommes pas encore tous ruinés, il y a de quoi en rester confondu.

*

* *

Selon Hésiode, Ploutos, dieu de la richesse, était fils de Déméter, déesse des moissons. Ainsi, les champs ayant besoin de la paix selon tous les poètes, nul n'aurait dû pouvoir s'enrichir pendant la guerre. On sait qu'il en fut autrement.

Mais il serait puéril de convaincre les Grecs de mensonge. La prescription les sauve. D'ailleurs, la paix donne la richesse, on ne peut le nier. Elle la donne toutefois plus grande avant même d'être la paix. Cela aussi est une triste vérité.

Pendant la guerre, les mercantis de tout poil furent d'une endurance digne d'éloges.

Ceux de la zone des armées n'hésitaient pas à passer des nuits blanches derrière leurs volets clos, afin d'héberger les soldats désireux de boire de verts bourgognes servis par des Madelons souvent attigées.

Ceux de l'intérieur, chargés de la subsistance des civils, n'avaient pas une livre de sucre pour qui leur présentait une carte d'alimentation. Mais ils en fournissaient dix boîtes de cinq kilos à qui les voulait payer trente francs l'une. Cette grandeur d'âme avait ses dangers. Les mercantis les bravaient.

Tous étaient décidés à tenir jusqu'au bout. Ils s'y étaient si bien décidés qu'ils auraient tenu jusqu'au 11 novembre 1934. L'armistice de 1918 les déçut un peu. « Déjà? » demandèrent-ils. L'héroïsme, affaire d'habitude, ne leur pesait plus.

Les temps allaient changer. Un jour viendrait sans doute où la vie redeviendrait normale. La guerre avait fini plus tôt qu'ils ne pensaient qu'elle dût finir. La paix pourrait aussi, plus tôt qu'on ne croyait, tout remettre en l'état d'autrefois. Ils résolurent de proroger leur héroïsme.

Et ce fut la vie chère, toujours plus chère.

*
* *

Et nous avons les Nouveaux-riches.

Dans les écoles, les enfants n'apprennent plus à conjuguer le verbe *aimer*.

Il n'est pas nécessaire, ont décrété les maîtres, de leur bourrer le crâne avec des mots dont le sens s'est perdu.

Les petits conjuguent en chœur : « *J'augmente, tu augmentes, il augmente, nous augmentons, vous augmentez, ils augmentent.* »

Pauvres petits! Comment concilieraient-ils les leçons de leurs maîtres et les plaintes de leurs parents?

La mère annonce en préparant une tartine :

— « Le beurre a encore augmenté. »

— « C'est le passé indéfini », dit l'enfant, tout fier de sa jeune science.

— « Non », corrige la mère, « c'est le présent, le douloureux présent. »

— « Indéfini? » ajoute le père. « C'est, hélas, bien défini. Je crains plutôt que ce ne soit le futur qui soit indéfini. »

Cet enfant ne saura jamais la grammaire.

Les Nouveaux-riches sont passés par là.

*
* *

Qui donc a dit, mais en serrant les dents :

— « Les Nouveaux-riches, ou la médiocrité dorée. »

*
* *

La Bruyère disait :

— « *Faire fortune est une si belle phrase…* »

A LA RECHERCHE DES RESPONSABILITÉS

La Bruyère a dit :

« *Il n'y a au monde que deux manières de s'élever : ou par sa propre industrie, ou par l'imbécillité des autres.* »

Du fait de la guerre, pour les Nouveaux-riches, la question d'*industrie* ne se pose pas. Nul n'ignore que les plus fameux industriels n'étaient pas obligatoirement des aigles d'industrie. C'étaient des épiciers ou des notaires.

Le mot, qu'on le remarque, se prête à merveille à toutes les combinaisons, jusqu'à celles de chevalier d'industrie, beau titre qui ne se porte plus, la marchandise étant vendue sous une étiquette nouvelle. Et *combinaisons* satisfait à l'étymologie. Mais en cet endroit il serait plus juste de parler de combines.

*
* *

Pendant la guerre, la richesse est venue aux industriels et aux commerçants comme le galimatias vient dans la prose de M. Stéphane Lauzanne : sans rime ni raison. Il n'y avait rien à faire pour l'empêcher.

Veut-on des preuves? Le *Cri de Paris* nous a rapporté cette histoire édifiante :

Un bourgeois, d'une cinquantaine d'années, avait un immeuble. L'État en eut besoin. On en fit la réquisition. L'immeuble était d'un assez beau revenu : mais quoi! c'était la guerre ; tout le monde se sacrifiait ; le bourgeois n'avait que sa maison, il la sacrifia. Autrement dit, il n'en demanda qu'un loyer de dix mille francs.

— « Trop cher », répondit l'État, économe. « Nous vous accordons huit mille francs. »

— « J'accepte », conclut le bourgeois.

Il espérait avoir assez pour vivre de ces huit mille francs par an. Il signa le marché sans le lire.

Le premier mois écoulé, il reçut huit mille francs.

— « Tiens! » pensa-t-il, « on paye d'avance. »

Trente jours plus tard, il reçut huit mille francs.

— « C'est une erreur », pensa-t-il.

Il alla, pauvre homme, la signaler au fonctionnaire compétent. Il fut presque injurié. Il ne savait donc pas lire? — Qu'il se reportât aux termes du marché! Il avait loué sa maison pour huit mille francs par mois. Que réclamait-il? — Il crut défaillir, et protesta.

— « C'est une erreur », fit-il.

— « Encore! » s'écria l'État.

— « Mais non. J'avais demandé huit mille francs par an. On m'en donne quatre-vingt-seize mille. Il faut déchirer le contrat. »

— « Déchirer le contrat? Vous êtes fou. »

Et on le poussa dehors.

Le pauvre homme devint riche malgré lui.

*
* *

Tous les fournisseurs de l'État n'eurent pas la délicatesse de ce bourgeois. Presque tous réalisèrent des bénéfices aussi saugrenus.

Alors?

Alors, si les commerçants ne se sont pas toujours élevés par leur propre industrie, il faut bien admettre que c'est par l'imbécillité des autres.

Quels sont ces autres?

Il ne me plaît pas beaucoup d'avouer que je suis un imbécile.

Nous devons tous pourtant en faire l'aveu, loyalement. L'État, c'est nous. Le suffrage universel a parfois de terribles retours. Nul ne commande et tous sont maîtres? Beaux principes, dont les conséquences pour la foule ne sont pas drôles, pendant que les malins barbotent.

Or nous voici diablement penauds. Nous avons fait les Nouveaux-riches. Avons-nous le droit de les condamner?

Si nous ne les avons pas faits, nous n'avons du moins rien fait pour qu'ils ne se fissent point. Nous les regardions comme si notre intérêt n'était pas en jeu. Nous les avons souvent regardés par jeu. Telle est l'abnégation de notre idéalisme national. De quoi nous plaignons-nous?

Ils dansent aujourd'hui, comme des crapauds, je le concède, mais ils dansent. Et nous n'avons pas encore fini de payer les musiciens de ce délicieux orchestre.

*
* *

Des mécontents ont proposé de présenter la note des frais aux danseurs. Ils disaient :

— « Ces gens-là se sont enrichis honteusement. Il faut reviser les marchés de guerre. Il faut imposer les bénéfices de guerre. »

Nobles ardeurs! Flammes éternelles des carabiniers d'Offenbach! Comme si nous vivions dans un théâtre! Comme si l'on pouvait exiger du directeur qu'on nous rendît l'argent! Mais que sont devenus tant de directeurs retirés des affaires?

Le ministre des Finances, M. Marsal en personne, prit un jour la parole à la Chambre des députés. Avec d'infinies précautions, il essaya de faire entendre aux implacables justiciers tout ce qu'avait de chimérique une aventure si généreuse. Il n'osa pas leur dire en face qu'ils étaient rudement bêtes. S'il ne s'était pas retenu, il leur aurait démontré que pratiquement les Nouveaux-riches, profiteurs, et autres mercantis, n'existaient pas. Il mâchouilla des promesses vagues. Les députés furent contents. Les Nouveaux-riches aussi. Et les ministres. Ce fut une belle journée parlementaire.

Et voilà pour nous.

UN VIEUX PORTRAIT

Les bons journalistes ont dans leur musette une collection remarquable de lieux-communs dont ils font étalage à la moindre occasion.

Il n'en est pas beaucoup qui n'affirment pas, une fois par semaine, qu'il n'y a rien de nouveau sous le soleil. Les plus savants écrivent : *nil novi sub sole.* Ils n'en tirent aucune gloire, hâtons-nous de le reconnaître. Le public aime qu'on lui impute des lumières de tout, et il n'est pas fâché d'apprendre que les pires extravagances dont nous sommes témoins ne sont pas dangereuses, parce qu'elles sont vieilles comme le monde.

Que le public le sache donc bien : malgré la contradiction qu'on relève en ces termes, il y a toujours eu des Nouveaux-riches. On s'en est toujours moqué. C'est la rançon de la fortune.

Dans des siècles plus heureux, au Grand Siècle entre autres, il y en eut. Il y en eut moins, car le roi les châtiait, ce qui explique tout. Ils étaient moins arrogants aussi. Ils eurent l'honneur d'être peints par les plus grands auteurs de leur temps. Cela leur confère une sorte de laurier qui ne doit pas nous émouvoir.

Nous reviendrons sur le cas de M. Jourdain. Il le mérite. M. Jourdain, à dire vrai, n'est pas de ces hommes qui n'ont point de grands-pères. Giton, lui, par contre, a droit à notre sollicitude. Il est l'ancêtre de nos Nouveaux-riches. Il a reçu leurs lettres de noblesse. Qu'en ont-ils fait, les malheureux? Mais relisons-les ensemble, voulez-vous?

*
* *

GITON *a le teint frais, le visage plein et les joues pendantes, l'œil fixe et assuré, les épaules larges, l'estomac haut, la démarche ferme et délibérée : il parle avec confiance, il fait répéter celui qui l'entretient, et il ne goûte que médiocrement tout ce qu'il lui dit ; il déploie un ample mouchoir, et se mouche avec grand bruit ; il crache fort loin et il éternue fort haut ; il dort le jour, il dort la nuit profondément ; il ronfle en compagnie. Il occupe à table et à la promenade plus de place qu'un autre ; il tient le milieu en se promenant avec ses égaux ; il s'arrête, et l'on s'arrête ; il continue de marcher, et l'on marche ; tous se règlent sur lui ; il interrompt, il redresse ceux qui ont la parole ; on ne l'interrompt pas, on l'écoute aussi longtemps qu'il veut parler ; on est de son avis, on croit les nouvelles qu'il débite. S'il s'assied, vous le voyez s'enfoncer dans un fauteuil, croiser les jambes l'une sur l'autre, froncer le sourcil, abaisser son chapeau sur ses yeux pour ne voir personne, ou le relever ensuite, et découvrir son front par fierté et par audace. Il est enjoué, grand rieur, impatient, présomptueux, colère, libertin, politique, mystérieux sur les affaires du temps ; il se croit des talents et de l'esprit : il est riche.*

*

* *

Vous avez envie de crier :

— « Comme c'est ça! »

Mais il y a loin de Giton à notre Nouveau-riche.

Celui-là porte perruque, évidemment. Nous ne le voyons plus que sur la scène de la Comédie-Française. Il est devenu Nouveau-riche de musée. On est sur le point de le trouver beau, comme nous trouvons beau, assez sottement du reste, tout ce qui est ancien.

Notre Nouveau-riche est autre. Il s'habille d'un complet veston ; il est chauve, bien entendu ; il fume de gros cigares ; il parle, et voilà sa perte, nous l'entendons. Au théâtre, il est dans la salle ; il souffle à côté de nous ; il a du ventre ; il a les mains courtes ; il sue la richesse, et de richesse : il ne sent pas bon. Tournons la page.

DÉFINITION PAR L'ABSURDE

Comme je cherchais une définition du Nouveau-riche en me promenant aux Tuileries, je tombai sur un de ces bons camarades que j'aime, s'ils sont bavards, car je peux penser à autre chose tandis qu'ils me racontent leurs petites histoires.

— « Mon vieux », me dit celui-ci, « je viens d'écrire un portrait. »

Il a, c'est exact, la manie d'écrire des portraits et, pour comble, de les publier.

— « Vous plaît-il de l'entendre? Je serais heureux d'avoir votre sentiment. »

Je dus l'écouter.

Il lut :

*

* *

— « *Cet homme que je viens de rencontrer, après l'avoir perdu de vue pendant de si lourdes années, je le tenais pour mort depuis longtemps. Ou j'aurais gagé du moins qu'il portait barbe blanche. Je fus bien surpris de lui trouver les cheveux noirs. Il n'est pas vieux. Quant à la barbe, vous concevez sans peine qu'il n'en a pas, non plus que de moustache. Mais ce n'est point par ces traits vulgaires que se fait remarquer mon ami.*

» *Hélas, en effet, il se fait remarquer, et viole ainsi la règle posée par Brummel, moins par le négligé de sa tenue ou la recherche de sa mise, que par une certaine façon qu'il a de protester publiquement, quoique sans tapage, contre la veulerie envahissante de ce temps de désordres.*

» *Me croirez-vous? Je n'ose vous le dire. Vous me répondrez que je plaisante. Au fait, qu'importe? Mon ami donc, quand il monte dans une voiture, (que ce soit sa limousine ou la bagnole de la première station), s'il accompagne une dame, il lui cède toujours la place de droite. Mais souvent il doit la lui imposer, car nos pauvres contemporaines n'en savent pas beaucoup plus long sur ce chapitre que nos contemporains glorieux.*

» *Vous voyez que mon ami ne reste pas assis dans le Métro, lorsque votre mère est debout. Ce n'est rien. Dans la rue, s'il marche à côté de sa dactylographe ou de la baronne Jakobsohn, vous penseriez qu'il est atteint d'une singulière maladie : il passe tantôt à bâbord et tantôt à tribord, et plus d'une fois la dactylographe, ou la baronne, (elles sont de même naissance), se demande quelle mouche le pique. Lui cependant, au hasard de la promenade, demeure fidèle aux coutumes françaises et se contente de laisser le haut du trottoir à qui de droit.*

» *Il vaut mieux que je ne pousse pas plus loin cette mauvaise farce. Vous avez raison. Comment ne pas affirmer que j'exagère? Est-ce qu'un homme pareil existe encore? Il n'intéresserait plus que les paléontologues.* »

*

* *

— « Mais il m'intéresse beaucoup », m'écriai-je.

Mon camarade souriait avec confiance.

— « Oui », dis-je, « je ne sais pas qui vous aviez en vue quand vous fîtes ce portrait. Mais je sais parfaitement que votre personnage n'a rien de commun avec un Nouveau-riche. Et je vous demande la permission d'employer votre portrait. Si je n'arrive pas à montrer à mes lecteurs ce que c'est qu'un Nouveau-riche, je leur montrerai du moins, grâce à vous, ce que ce n'est pas. »

DICTIONNAIRES DES ÉPITHÈTES

Pour avoir un dictionnaire des épithètes concernant les Nouveaux-riches, il suffit d'écouter ce qui se dit dans la rue, au café, chez les fournisseurs, dans les couloirs des théâtres, sur les champs de courses, chez les femmes de mauvaise vie, et dans le Métro.

On y entend :

- 1. — Nouveaux-riches impudiques ;
- 2. — N.-r. gras ;
- 3. — N.-r. grotesques ;
- 4. — N.-r. superbes ;
- 5. — N.-r. ventrus ;
- 6. — N.-r. encombrants ;
- 7. — N.-r. à pendre ;
- 8. — N.-r. voleurs ;
- 9. — N.-r. magnifiques ;
- 10. — N.-r. saugrenus ;
- 11. — N.-r. admirables ;
- 12. — N.-r. stupides ;
- 13. — N.-r. malins ;
- 14. — N.-r. à émasculer ;
- 15. — N.-r. ridicules ;
- 16. — N.-r. républicains ;
- 17. — N.-r. juifs ;
- 18. — N.-r. effrontés ;
- 19. — N.-r. à empailler ;
- 20. — N.-r. bouffis ;
- 21. — N.-r. fatigués d'être moches ;
- 22. — N.-r. endimanchés ;
- 23. — N.-r. couronnés de colombins ;
- 24. — N.-r. fâcheux ;
- 25. — N.-r. à monter en épingles ;
- 26. — N.-r. de mardi gras ;
- 27. — N.-r. fils de gorets ;
- 28. — N.-r. à tête ronde ;
- 29. — N.-r. au vinaigre ;
- 30. — N.-r. de mes deux ;
- 31. — N.-r. à la noix ;
- 32. — N.-r. de malheur ;
- 33. — N.-r. sans pitié ;
- 34. — N.-r. incurables ;

- 35. — N.-r. à la mords-moi-le-doigt ;
- 36. — N.-r. odieux ;
- 37. — N.-r. impossibles ;
- 38. — N.-r. à gifler ;
- 39. — N.-r. misérables ;
- 40. — N.-r. à la sauce verte ;
- 41. — N.-r. sans nom ;
- 42. — N.-r. laids ;
- 43. — N.-r. de rien ;
- 44. — N.-r. système D ;
- 45. — N.-r. exploiteurs ;
- 46. — N.-r. à face de merlan ;
- 47. — N.-r. détestables ;
- 48. — N.-r. du pauvre monde ;
- 49. — N.-r. tragiques ;
- 50. — N.-r. nauséabonds.

Mais, si l'on désire injurier de tout cœur un Nouveau-riche, il n'est qu'une injure cinglante :

— « Nouveau-riche! »

PARVENUS ET NOUVEAUX-RICHES

On se tromperait beaucoup si l'on prenait les Nouveaux-riches pour des parvenus et les parvenus pour des Nouveaux-riches. C'est que la différence est grande entre les uns et les autres.

Les uns font sourire, les autres font rire ; les uns ne sont presque jamais des crétins, les autres le sont presque toujours ; les uns ne manquent pas forcément de scrupules, les autres en sont exempts de propos délibéré ; les uns sont rares, les autres fourmillent ; les uns ne choquent pas, les autres dégoûtent. Et pourquoi?

*

* *

La langue française, habile à rendre toutes les nuances, quoi qu'en puisse penser M. Albert du Bois, a cru bon de désigner par des noms différents les parvenus et les Nouveaux-riches. Elle avait ses raisons. Si les Nouveaux-riches étaient des parvenus, on n'aurait pas créé pour eux un nom. Regardons un peu sous le masque des mots.

Le parvenu est un homme qui est parti de rien, ou de pas grand'chose, qui a travaillé, qui a peiné, et qui à force de persévérance à chasser la fortune, finit par arriver au but qu'il s'était assigné. Au départ, il avait des sabots ; à l'arrivée, il a des souliers vernis ; mais nous l'avons vu avec des galoches, puis avec des brodequins, puis avec des bottines de box-calf, et nous l'avons vu avec des escarpins. Son voyage a souvent été long et rude. Les concurrents étaient nombreux sur son chemin. Le parvenu a dû parvenir. Le verbe qui étiquète son action indique bien la qualité de cette action.

Pour le Nouveau-riche, rien de pareil. La langue française refuse de fixer quelle fut l'action du Nouveau-riche. N'y aurait-il donc pas d'action dans la vie du Nouveau-riche? Il n'y en a pas en effet. La fortune est venue à cet homme, non point parce qu'il l'a violentée, mais parce qu'elle l'a choisi, sans qu'on sache pourquoi. Le Nouveau-riche n'a rien fait pour mériter de devenir riche. Il n'était rien, et tout à coup il s'est trouvé riche. D'où ce mépris que nous avons tous pour lui, et que la langue française illustre.

*

* *

Le savant Pierre Mac-Orlan, dans son *Petit Manuel du parfait Aventurier*, a judicieusement divisé les aventuriers en aventuriers *actifs* et en aventuriers *passifs*. Le parvenu est de ceux-là, le Nouveau-riche de ceux-ci.

*
* *

Les parvenus et les Nouveaux-riches ne florissent pas à la même époque. Les premiers se cultivent en temps de paix. Les autres poussent en temps de guerre, en temps de troubles nationaux, comme les herbes folles dans les champs que le soldat a dû quitter pour se battre.

*
* *

Les parvenus ne parviennent presque jamais au détriment de la société. Les Nouveaux-riches ne sont riches que de l'argent pris à tous.

Le parvenu peut être un honnête homme. Pour le Nouveau-riche, le doute pend.

*
* *

Le voyou qui détrousse un passant dans la rue, à deux heures du matin, on peut affirmer qu'il est plus respectable que le mercanti : celui-là sait qu'il vole et qu'il court le risque d'être emprisonné ; le mercanti ne sait même plus qu'il vole tout le monde, ni si quelque loi le menace.

*
* *

Le parvenu tient compte de l'opinion publique. Le Nouveau-riche s'en rigole.

*
* *

Le parvenu est souvent doué d'intelligence. Vous souvient-il d'un mot charmant, qui est déjà vieux de plusieurs années?

C'était avant la guerre. Un parvenu, qui aimait les bagatelles, avait acheté à Rome un titre de comte. On en plaisantait autour de lui. Lui ne bronchait pas. Il avalait toutes les couleuvres.

Pour désarmer enfin ceux qui le taquinaient, sa femme, un jour, déclara tranquillement :

— « Riez, riez. Le ridicule passe ; le nom reste. »

Quand vous découvrirez autant d'esprit chez la femme d'un Nouveau-riche, vous viendrez me le dire.

DE MONSIEUR JOURDAIN

Un auteur du XVIIe siècle disait :

— « *Combien d'hommes ressemblent à ces arbres déjà forts et avancés, que l'on transplante dans les jardins, où ils surprennent les yeux de ceux qui les voient placés dans de beaux endroits où ils ne les ont point vus croître, et qui ne connaissent ni leur commencement ni leurs progrès.* »

Un autre, après la Révolution, disait de certains lascars qui se montraient en tous lieux :

— « *Ils entendent bien mal l'intérêt de leur vanité : rien ne fait plus ressortir un mauvais tableau qu'un cadre brillant, et toutes les taches paraissent au grand jour.* »

L'erreur des Nouveaux-riches, la première en effet, est de croire qu'on peut sortir de son milieu et vivre ailleurs sans préparation. Cependant, un gentilhomme se mêle à la canaille et n'est pas ridicule. C'est qu'il est plus difficile de monter que de descendre, encore que les aviateurs prétendent que non.

Mme Angot fait rire. Mme Sans-Gêne fait rire. M. Jourdain aussi fait rire, mais différemment. Il n'est pas sûr que M. Jourdain soit si ridicule. Il l'était quand il parut pour la première fois. Il semble l'être moins aujourd'hui. Ses successeurs nous l'ont rendu sympathique.

*

* *

M. Jourdain, marchand de drap, fils de marchand de drap et gendre de marchand de drap, fatigué de vivre parmi des marchands, ses égaux, s'entícha de noblesse et ne rêva plus que de vivre à la façon des personnes de qualité.

Il comprit d'abord que l'argent qu'il possédait ne suffisait pas. Les gentilshommes, en effet, vrais ou prétendus, qu'il approcha, ne brillaient point par l'excès des richesses. Il fallait donc qu'ils eussent d'autres mérites. Le mérite de M. Jourdain est d'avoir eu l'intelligence de le comprendre d'abord. Nos Nouveaux-riches ne l'ont pas, il est à peine besoin de l'indiquer.

Partant de là, M. Jourdain supposa que l'argent lui permettrait peut-être d'acquérir tout ce qui lui manquait. Or tout ce qui lui manquait se réduisait à ceci : des manières, ou de l'éducation, comme on voudra. Il prit donc des maîtres : un maître de musique, un maître à danser, un maître d'armes, un maître de philosophie. Il voulait s'instruire. Il enrageait quand il voyait des femmes ignorantes. Franchement, jugera-t-on que M. Jourdain fut ridicule?

Avez-vous rencontré, en 1920, un marchand de drap qui eût en tête d'apprendre où gît la différence entre la prose et les vers, et comment il sied d'ouvrir ou fermer la bouche pour prononcer telle voyelle ou telle consonne?

Tentez l'épreuve. Demandez à un Nouveau-riche :

— « Qu'est-ce que vous faites quand vous dites un U? »

Neuf fois sur dix, il vous répondra :

— « Moi? Je m'en fous. »

Et, la dixième :

— « Vous n'êtes pas piqué? »

On mesure ainsi la distance qui sépare M. Jourdain de nos mercantis. Et qui osera soutenir que l'épreuve n'est pas toute à la gloire de ce brave M. Jourdain?

*

* *

M. Jourdain n'avait pas l'ambition d'étonner ou de surpasser le comte Dorante et la marquise Dorimène. Il désirait obliger l'un et plaire à l'autre ; il n'aspirait qu'à vivre avec eux sur le pied d'égalité. Son souci était que le comte se laissât prêter de l'argent et que Dorimène se laissât faire l'amour. Par quoi le bonhomme travailla sans le savoir, et tout autant que ce malin de Figaro, à rendre nécessaire la Révolution de 1789.

Aujourd'hui, la Révolution de 1789 est déjà si loin de nous que la plupart des gens, comme des historiens, se cachent mal d'en ignorer à peu près tout. Les monuments publics de la France de 1920 attestent, en belles capitales, que l'égalité pour nous a cessé d'être un vain mot. C'est pourquoi, sans doute, tous les citoyens se tournent vers des réformes plus importantes. Et les Nouveaux-riches, avant tous, ne s'inquiètent que de sortir de l'égalité, même en sortant, s'il faut et s'il ne faut pas, comme on dit au Palais-Bourbon, de la légalité.

M. Jourdain, certes, fut un sot. On n'est pas bête au point de se contenter de n'être au-dessus de personne, ou d'être comme tout le monde, stupidement. M'accorderait-on que M. Jourdain n'est pas un Nouveau-riche?

LE TORT DES NOUVEAUX-RICHES

Le plus grand tort des Nouveaux-riches, le seul peut-être qu'ils aient aux yeux du philosophe impartial, quand on examine le fond des choses, c'est d'avoir rompu trop brusquement avec leurs anciennes habitudes pour essayer d'en prendre de nouvelles, qui leur vont comme des bottines à un rhinocéros.

*

* *

Lorsqu'on veut s'élever aux plus hauts barreaux d'une échelle, on s'élève à l'ordinaire de barreau en barreau. Quelquefois, de deux on en passe un. Le badaud qui s'est arrêté ne crie pas au scandale pour si peu. Au contraire. S'il estime que ce simple exercice demandait de l'adresse ou des efforts, il ne refuse pas d'admirer l'escaladeur qui arrive habilement au dernier échelon. Ce n'est donc point parce qu'ils sont riches, ou devenus riches, que les Nouveaux-riches sont détestés.

Mais lorsque, par un procédé qui nous déconcerte, un acrobate se hisse au sommet de l'échelle sans poser le pied sur aucun des barreaux qui séparent le premier du dernier, nous flairons quelque supercherie et nous protestons. C'est par un tour d'escamotage du même ordre que les mercantis enrichis nous inquiètent.

Nous voilà devant une solution de continuité qui blesse notre entendement.

Ainsi, quand on lit un livre, on s'émeut de perdre le fil du récit parce qu'on ne s'est pas aperçu qu'on avait tourné deux ou trois pages à la fois.

Ainsi encore, la plupart des gens se révoltent en face de la littérature cubiste. Ils ont perdu le fil. Ils n'admettent pas qu'on ait tourné deux ou trois pages sous leurs yeux, sans prévenir qu'on les tournait. Or il ne faut accuser rien dans ce cas, sinon la paresse intellectuelle de la majorité des hommes.

Pour le cas des Nouveaux-riches, il ne faut parler que de notre paresse morale.

Il nous fatigue d'accommoder trop vite. De là, le succès naturel des banalités les plus criardes, des lieux-communs les plus éculés, et des écrivains sans syntaxe, — ce qui ne signifie point d'ailleurs qu'il n'y ait ni banalités ni lieux-communs ou qu'il y ait de la syntaxe chez les auteurs de l'école cubiste.

*

* *

La littérature cubiste, en somme, ne choque seulement que le vulgaire, non point parce qu'il est vulgaire, mais parce que le vulgaire n'a ni l'ambition ni la possibilité de connaître jusqu'en ses moindres détails le progrès lent de la littérature.

A qui a lu Rimbaud et Mallarmé, et le grand Jules Laforgue, et Rostand même (je dis Edmond), — lequel a eu de l'influence aussi, plus qu'on ne croit, ne fût-ce que par contraste, — à qui s'est donné la joie d'étudier l'œuvre gigantesque de Victor Hugo, où l'on trouve en perfection toutes les ressources des poètes français, il apparaît qu'un Jean Cocteau ne doit pas surprendre plus qu'un Paul Valéry. Mécaniquement, soit par action directe, soit par réaction, les poètes s'engendrent les uns les autres. Rien ne prouve, par exemple, que les tentatives d'André Salmon ou de Blaise Cendrars ne viennent pas du dégoût qu'ont tiré ces deux jeunes citharèdes, je le parie, de l'émouvante platitude où se complaît M. Jean Aicard, académicien.

*
* *

Dans le royaume des Muses, comme dans la république des Lettres, le miracle n'existe pas. Tout y est logique et raisonnable, en principe. N'en va-t-il pas de même chez nous de toutes choses?

Les Nouveaux-riches, pour en revenir à ces tristes cocos, ont eu le tort de vouloir s'imposer à nous comme des miracles. Laissons-les porter le poids de leur inconséquence. On ne saurait trop recommander à quiconque a des loisirs, de s'intéresser plutôt à la couleur des yeux de cette jeune femme qui passe.

CANDEUR DES NOUVEAUX-RICHES

J'aime mieux le dire tout de suite : je ne prétends pas que les Nouveaux-riches soient candides au point de se considérer comme des étalons de vertu. La notion de probité leur échappe complètement. Ils ne la rejettent pas, ils l'ignorent. Leur seule candeur vient de ce qu'ils sont persuadés qu'on ne découvre pas qu'ils sont Nouveaux-riches.

Tel était ce personnage de Forain, qui avait, par malheur, un nez, des yeux, et des oreilles à n'égarer personne. Comme il se présentait de lui-même, disant :

— « Je suis Jacob Lévy »,

on lui répliqua :

— « Je le vois bien, Monsieur. »

A tous les Nouveaux-riches qui plastronnent, nous avons envie de faire la réponse impitoyable.

II faut avouer d'ailleurs que nous ne nous privons pas de la leur faire quelquefois sans qu'ils nous en sollicitent. Ce qui les assomme.

La crainte de paraître Nouveaux-riches les suit en tout lieu. On la reconnaît dans leur regard. Ils n'ont pas de souci plus tenace que de s'imposer aux gens. Comment réussir? Ils n'ont trouvé que deux moyens :

— C'est d'abord de ne jamais s'étonner ; ainsi ils s'imaginent que nous nous imaginerons qu'ils sont du meilleur monde ;

— C'est ensuite d'étonner ; l'entreprise est plus délicate ; ils ne s'en doutent pas.

Notons qu'en cette alternative ils optent rarement ; ils préfèrent conjuguer les deux moyens. Ils ont de ces témérités.

*
* *

Ne s'étonner de rien doit être le fait des esprits supérieurs. On l'affirmait chez nous avant la guerre, à l'époque du dilettantisme. Une fois pour toutes, on avait mis sur le même plan toutes les émotions, tous les spectacles, toutes les nouveautés, toutes les valeurs. On entendait un drame d'Ibsen comme un vaudeville de Feydeau ; on apprenait que Latham avait volé par-dessus la Manche, comme on apprenait que que M. Le Bargy quittait la Comédie-Française. On discutait avec la même passion, modérément, les adultères de

Mme Bolduc et la trahison d'Ullmo. Il n'y a que la guerre qui dérouta, pour quelques semaines, nos esprits forts.

Mais la guerre, ça n'a qu'un temps, n'est-ce pas? Est-il, au reste, bien prouvé qu'il y ait eu la guerre? Ne parlons plus de la guerre, s'il vous plaît. La vie a repris comme si quinze-cent-mille jeunes Français n'avaient pas été supprimés. Le jazz-band triomphe. Nous voici dans l'âge des banques et des saltimbanques.

Tout se vend très cher, mais tout le monde achète tout, et les économistes se fatiguent à nous crier que c'est pourquoi tout se vend très cher. Nous n'en sortirons pas, puisque cela non plus ne nous étonne.

Les Nouveaux-riches, qui sont riches parce qu'ils ont vendu n'importe quoi à n'importe quel prix, faut-il s'étonner davantage s'ils ne s'étonnent pas d'acheter à leur tour n'importe quoi à n'importe quel prix?

On m'objectera que je ne disserte que d'argent? En effet. Mais peut-on parler d'autre chose quand les Nouveaux-riches sont en question? L'art, la littérature, la musique, les voyages, l'amour, la famille, l'immortalité de l'âme, Dieu, la vie, et la mort, quel rapport y a-t-il entre ces bagatelles et les Nouveaux-riches?

Boileau disait :

— « *L'argent, l'argent, l'argent, sans lui tout est stérile.* »

Les mercantis ne s'épatent de rien.

Montesquieu disait :

— « *Le nouveau riche admire la sagesse de la providence.* »

*
* *

Quant au désir d'étonner, s'il n'est pas réservé aux seuls Nouveaux-riches, il a du moins été poussé par eux jusqu'au paroxysme.

Dans une époque de passions, comme est la nôtre, où les sentiments modérés et les idées raisonnables font figure de vieilleries bonnes à mettre au cabinet, quand le moindre adjectif ne peut plus se contenter de sa forme simple et se gonfle en superlatif pour fixer notre attention, les Nouveaux-riches, naturellement, donnent tête basse dans la frénésie.

Il ne s'agit pas de bluff. Nous savons que les Nouveaux-riches ont les reins solides et que leur fortune est bien placée. Ils ont de la surface, et des fonds. Ils dépensent parce qu'ils peuvent. Par candeur, ils croient qu'en ouvrant les mains ils gagneront notre estime ou notre respect. Ils ne comprennent pas pourquoi nous en rions.

Nulle générosité ne les anime. Ils ne dépensent pas pour des raisons morales. Leur geste est moins large. Ils dépensent comme ils ont acquis, brutalement. Ils n'ont pas eu le temps d'apprécier peu à peu leur fortune croissante ; ils n'ont pas le temps d'apprendre à en jouir. Elle leur échappe. Cela aussi est comique. Mais ils ne le savent pas.

L'ART DE DÉPENSER

Francis de Miomandre, cet écrivain délicieux qui n'a pas encore eu le succès qu'il mérite, a publié de jolies réflexions sur l'*Art de dépenser*. Non sans tristesse, il demandait à ses lecteurs :

— « *Faudra-t-il en donner des recettes? Est-ce la peine de rappeler qu'il existe!* »

Puis :

— « *Serait-il vrai que l'argent est plus difficile à dépenser qu'à gagner, contrairement à ce que croit le vulgaire?* »

J'ignore si Marcel Boulenger a rien écrit sur ce sujet. Je le regrette. J'aurais eu plaisir à citer de lui quelque maxime, pour mettre dans mes pages un peu de couleur et d'autorité. Le public ne connaît pas la joie que procure, à celui qui la cite, une phrase citée au bon moment.

Il est certain que tout le monde ne sait pas dépenser. C'est un art délicat. En dépit des apparences, c'est un luxe qui n'est pas à la portée de toutes les bourses, surtout des mieux garnies. Cent Nouveaux-riches nous en fourniraient cent fois cent preuves. Ils commettent une erreur grave ceux qui affirment : « Je dépense, donc je suis. »

*

* *

Dépenser à tort et à travers, voilà le tort et voilà le travers. Ainsi font les Nouveaux-riches lorsqu'ils se mêlent de dépenser. Ils le font avec assurance, il est vrai, rendons-leur cette justice.

Inscrirai-je ici le nom de cet ancien tourneur d'obus qui, devenu propriétaire d'un des plus somptueux coffres-forts de Paris, se mit en tête d'avoir une belle bibliothèque? Cela se doit, n'est-ce pas, d'avoir une belle bibliothèque? Le dernier des épiciers vous dira que vous n'êtes pas riche, si vous ne possédez pas une édition des Fermiers Généraux.

Notre bibliophile était moins ambitieux. Pourvu qu'il eût chez lui de beaux livres, bien reliés, et d'un grand prix, le reste ne l'intéressait pas. Il n'avait pas, vous pensez, l'intention de lire. Il ne poussait même pas le scrupule jusqu'à vouloir, comme cette bourgeoise nouvellement promue dont l'*Opinion* nous rapporta les goûts, des livres d'amateur, c'est-à-dire, expliqua-t-elle, des livres numérotés.

Il laissa carte blanche au libraire ahuri pour le choix des auteurs.

— « N'avez-vous aucune préférence? »

— « Non, non. Mettez ce qu'il vous plaira. »

— « Des romans? Des mémoires? De la poésie? »

— « Oui, oui, allez. Vous savez mieux que moi ce qui se met dans une bibliothèque. C'est pour mon fumoir. »

— « Parfait. Mais combien vous en faut-il? »

— « Combien? »

Le bibliophile répondit sans hésiter :

— « Il m'en faut dix-huit mètres. »

*

* *

Dès qu'il s'agit d'ameublement, les Nouveaux-riches perdent tout-à-coup ce sang-froid qui ne leur manqua jamais dans leur négoce. Ils pensent entrer dans un royaume magnifique où l'impossible n'existe pas. Tout s'y trouve merveilleux par nature. Mais rien ne surprend un Nouveau-riche.

Fantasio nous a conté, parmi d'autres histoires, celle d'un provincial qui avait gagné plusieurs millions en vendant des vins plus ou moins portugais. Vous en souvient-il?

Étant à Paris pour ses affaires, il voulut tenir la promesse qu'il avait faite à sa fille, de lui acheter un piano à queue, mais un beau piano, quelque chose de riche enfin. Il se rendit donc chez le meilleur facteur de la place et lui exposa son envie. Il était prêt à tous les sacrifices.

On lui montra des pianos en palissandre, des pianos en noyer ciré, des pianos en citronnier, des pianos décorés de cuivres, des pianos rehaussés de peintures. Il s'arrêta devant un piano d'acajou massif, parce qu'on lui avoua qu'on n'en avait pas qui coûtât plus cher.

— « Combien? »

— « Soixante-mille. »

On peut vendre des pianos aux Nouveaux-riches les plus bêtes ; il y a cependant des nombres qu'on ne prononce pas sans modestie. Le facteur prononça ce « soixante-mille » d'une voix indifférente, comme s'il eût juré que le client, tout de même, reculerait. Mais le client ne recula pas. Il avait probablement délibéré d'aller jusqu'à ce soixante-mille.

Il avait probablement délibéré d'aller au delà. Car il commanda, d'un ton bref :

— « Alors, mettez-en deux. »

*
* *

Néanmoins, tous les Nouveaux-riches n'ont pas tant d'estomac. Il en est qui n'acceptent pas sans marchander les premiers prix qu'on leur annonce : les vieilles habitudes sont dures à déraciner. C'est principalement chez les femmes que la vieille habitude résiste davantage. Il résulte d'étranges effets, de ces compétitions de l'économie et de la prodigalité.

Rappelons une anecdote qui a fait le tour de Paris :

Nous sommes chez une modiste de la rue de la Paix. Une cliente, dont la manucure n'avait pas encore pu sauver les ongles, se faisait montrer des chapeaux. Rien ne semblait la tenter. Elle était difficile. Quand on s'habille aux Champs-Élysées et qu'on a des bijoux — beaucoup de bijoux — de la place Vendôme, on ne peut pas ne pas être difficile. Celle-ci ne cachait pas sa déception, encore qu'en toute franchise, dans le fond du cœur, elle ne fût pas bien certaine d'être déçue. Mais on finit par la toucher, avec un petit chapeau, joli comme tout.

— « Un véritable amour, Madame », lui disait-on. « Un pur bijou de 1830. »

— « Oui », répondit la cliente, « il n'est pas trop mal. »

Puis, après examen :

— « 1830? » fit-elle. « Oh! vous me le laisserez à 1800? »

*
* *

Il a été écrit :

« *Rien ne fait mieux comprendre le peu de chose que Dieu croit donner aux hommes, en leur abandonnant les richesses, l'argent, les grands établissements et les autres biens, que la dispensation qu'il en fait, et le genre d'hommes qui en sont le mieux pourvus.* »

LA BELLE NAÏVETÉ

Candeur n'est point naïveté.

On disait jadis : « *La naïveté est l'expression de la franchise, de la liberté, de la simplicité ou de l'ignorance, et souvent de tout cela à la fois.* » Voilà une définition dont je m'empare volontiers pour mes Nouveaux-riches.

De la franchise, ils en ont. Comme il n'est pas prouvé que l'argent ne soit pas tout, singulièrement dans une république pareille à la nôtre, les Nouveaux-riches ayant l'argent et donc toutes les possibilités, tout leur est permis, au grand jour. Ils n'ont rien à cacher, ni la façon dont ils s'élevèrent, ni les appétits qu'ils ont, ni la sottise qui leur illumine les yeux.

La liberté se passe de commentaires. Nous savons que ces Messieurs ont pu s'engraisser impunément. Nos droits cessent quand les leurs commencent. Leurs droits commencent tout de suite.

La simplicité, on me permettra de ne pas la confondre ici avec la modestie. Il s'agit d'autre chose.

Ignorance? Est-il besoin de poser un point d'interrogation? Un point suffit. Un point.

Mais illustrons ces généralités. Le conte fait passer la morale avec lui.

*
* *

Un soir, à la Comédie-Française, on jouait une pièce en vers et une pièce en prose, le *Misanthrope* et *la Paix chez soi.*

Arrivés après le lever du rideau, deux Nouveaux-riches, aux fauteuils de balcon, de face, tâchaient à prendre contact avec le spectacle.

— « Où en est-on? » demandait la femme.

— « Attends un peu », répondait l'homme.

Le rideau tomba. Ils discutèrent.

— « Est-ce la pièce en vers, ou la pièce en prose? » demanda la femme.

— « Comment veux-tu qu'on distingue de si loin? » répondit l'homme.

*
* *

L'été dernier, un Nouveau-riche crut indispensable de visiter les châteaux de la Loire.

A Tours, il s'écria :

— « Voilà un beau fleuve, pour un fleuve de province. »

*

* *

Un autre avait préféré passer la saison chaude au bord de la mer.

Il n'avait jamais vu la mer. Comme il en craignait le mal, n'en ayant aucune idée, même vague, il estima prudent de ne pas aller pour ses débuts à Deauville. Il choisit une plage obscure de Bretagne.

S'il eut de grandes émotions, ce fut en silence. Pendant de longues heures, il restait muet. Il regardait l'océan. Tant d'espace perdu le troublait peut-être.

Trois îles proches de la côte fixaient le plus souvent ses regards. Les gens autour de lui ne s'en occupaient point. Il n'osait questionner personne. On savait, évidemment, mais lui ne savait pas, et on saurait qu'il ne savait pas. Il se tut. Il méditait.

Un jour, enfin, l'énigme fut résolue. Il avait trouvé, tout seul. Il se frotta les mains. Et le soir, sur la jetée, hochant la tête et montrant du doigt les îles, il gémit doucement :

— « C'est, malheureux tout de même. On ne prendra donc jamais de mesures contre ces sacrées inondations? »

*

* *

Ils ne sont pas tous de cette force. Certains ont une naïveté différente, à quoi ils joignent par exemple un sérieux souci de leurs devoirs d'hommes neufs. Tel l'ancien marchand de confitures qu'a célébré l'*Écho de Paris*.

Comme il se promenait un matin, à l'heure de la marée descendante, il rencontra sur la plage un voisin qui pêchait la crevette.

— « Tiens! » dit-il. « Vous les pêchez vous-même? Moi, je les fais pêcher par mon valet de chambre. »

*

* *

Les « dames » de ces Messieurs ne se privent pas non plus d'être franches, libres, simples et ignorantes à bouche-que-veux-tu. Vingt anecdotes sortent des mémoires. En voici une, que j'emprunte à *Fantasio*. Elle les résume toutes d'un trait.

La scène se passa dans une de ces boutiques qu'on ne saurait proprement appeler boutiques. On n'y vend pas des parfums, des pâtes épilatoires, des crèmes, des poudres de riz, ou des crayons à farder, bagatelles à l'usage des filles, des jeunes filles, et bientôt des petites filles. Non. Ce sont, vous n'en doutez pas, des instituts de beauté.

Donc, devant un comptoir tout ce qu'il y a de plus Louis XVI, une importante matrone demandait de l'eau de Cologne.

— « A quel prix, Madame? »

— « N'importe. La meilleure que vous avez. »

— « Et combien Madame en veut-elle? »

— « Un demi-setier. »

*
* *

De ce qui se fait ou ne se fait pas dans ce qu'ils nomment avec emphase le grand monde, les nouveaux-riches ont des connaissances curieuses. Comme ils aspirent de toute leur âme à compter, ou à être comptés, dans le grand monde, il n'est pas de somptuosité qu'ils se refusent.

Au début de 1920, d'après *Fantasio*, un des plus gros marchands de bois de France avait invité de nombreux amis à pendre la crémaillère dans son nouvel hôtel, qui n'est pas loin de la porte Dauphine.

Les amis admirèrent. Il y avait à admirer, dans tous les sens du mot. La chambre à coucher surtout était admirable. On n'y voyait pas moins de trois lits.

— « Pour qui ce troisième lit? » jugea bon de demander une jeune femme.

La marchande répondit :

— « Mais pour nous. Voici le lit de mon époux ; voici le mien ; et celui-ci, c'est celui où nous nous rencontrons. »

*
* *

Encore un mot d'intérieur.

Il fut dit le soir où un Nouveau-riche donnait pour la première fois un grand dîner. L'ancien maquignon triomphait de joie et d'orgueil.

Le maître d'hôtel, digne, annonça :

— « Madame est servie. »

Et le maître tout court, indigné : — « Eh bien! » fit-il, « et moi? »

*
* *

La chronique est pleine de mots semblables, On est obligé de prendre au hasard dans le tas. Les gazettes en ont publié de délicieux. Pillons, une fois de plus, l'*Écho de Paris* :

Un Nouveau-riche se promenait au Bois de Boulogne, dans sa limousine, bien entendu. Le chapeau sur la nuque, un cigare à la bouche, les cuisses écartées, il toisait les piétons.

Au premier tournant, il aperçut une amazone et deux cavaliers.

Notre homme haussa les épaules.

— « Ces cavaliers! » dit-il. « Ça crâne, et ça n'a même pas de quoi se payer une auto. »

*
* *

Arrêtons-nous sur celui-là. Nous sommes prêts maintenant à savourer ce fragment d'un vieux dialogue :

LE FINANCIER. — « *Il faut, je crois, bien de la force d'esprit pour mépriser les richesses?* »

LE SAGE. — « *Vous vous trompez, il suffit de regarder entre les mains de qui elles passent.* »

CONSEILS AUX NOUVEAUX-RICHES

Les cuistres prétendent qu'avant 1789 les écrivains ne se faisaient pas scrupule de prendre leur bien où ils le trouvaient. On a souvent disputé s'ils eurent tort ou raison. Aujourd'hui la question est tranchée : nous créons tout ; le plagiat est un crime ; les anciens avaient tort.

Il n'y a pas lieu de s'étonner ici que les hommes de 1920, convertis à l'égalitarisme, prêchent d'une part la suppression de la propriété en général, et défendent cependant, avec la dernière violence, et la même candeur, la propriété littéraire en particulier. Acceptons les choses comme elles sont. Il est admis qu'on a le droit de partager tout avec son voisin, sauf ses œuvres imprimées.

Mais il n'est pas moins admis qu'un artiste est, par principe, révolutionnaire. On l'a dit aux bourgeois ; ils l'ont cru ; tant pis pour eux. On me permettra donc d'être révolutionnaire comme un autre, de l'être jusqu'au bout, de m'en tenir au sens propre des mots quand j'en aurai envie ; et, une révolution vraiment digne de ce nom n'étant à l'origine que « le retour d'un astre au point d'où il est parti », on ne s'indignera pas si je retourne sans honte aux coutumes du vieux temps qu'on ne pratique plus, pour copier ci-dessous quelques bons *Conseils à un Nouveau-riche* que j'ai tirés d'une gazette satirique.

*
* *

A UN NOUVEAU-RICHE.

— *Ne dites pas : « La guerre est un immonde fléau. » On aurait peine à vous croire.*

*
* *

— *A table, ne vous attachez pas la serviette sous le menton. Laissez-la sur vos genoux, inutilement.*

*
* *

— *Ne dites pas à vos invités : « Ces asperges coûtent neuf francs la livre. » Car ils ont faim peut-être.*

*
* *

— Pour saluer, tirez votre chapeau avant de tendre la main.

*
* *

— Ne dites point « pardon », quand vous nous écrasez le pied. Ne nous l'écrasez pas, c'est plus poli.

*
* *

— Ne parlez pas en mangeant. Il y a des gens dégoûtés.

*
* *

— Ne citez jamais le nom de votre père : c'était un honnête homme.

*
* *

— Si vous ne pouvez pas fumer sans cracher, ne fumez pas.

*
* *

— Quand vous parlez de votre femme, ne dites pas : « mon épouse ».

*
* *

— Achetez des livres nouveaux, mais laissez-nous les anciens. Nous les lisons.

*
* *

— Ne dites pas : « Nous autres riches… ». Vous n'êtes pas riches, vous avez de l'argent.

*
* *

— Les pauvres, ne les regardez pas de travers. Ils vous regardent en face.

*
* *

L'auteur de ces conseils n'a cru devoir ajouter ni que les conseils sont faits pour ne pas être suivis, ni qu'ils ne sont profitables qu'aux moralistes qui se charment du bruit de leurs maximes et pensent en mériter quelque gloire.

L'imitant, je veux à mon tour donner des conseils aux femmes des Nouveaux-riches. Je les puiserai, ceux-là, dans mon propre fonds, sans avoir peur de me contredire, alors que j'ai établi plus haut qu'il est normal de prendre son bien où on le trouve. Mais les règles, on le sait, ont quelquefois besoin d'être violées. Le viol en effet contribue à régénérer le sang d'une famille, comme a dit, ou a pu dire, ou aurait dû dire notre maître Curnonsky, que je suis heureux de citer à cette place, même indûment. Toutes les femmes de mœurs légères seront de mon avis.

*
* *

A UNE NOUVELLE-RICHE.

— *Votre premier devoir, Madame, est de ressembler à tout, sauf à ce que vous êtes. Les professeurs de M. Jourdain ne vous seraient d'aucun secours. Ayez seulement :*

1° *Un bon couturier ;*

2° *Un bon maître d'hôtel ;*

3° *Une bonne cave.*

L'un obtiendra que vous soyez débinée par vos amies : triomphe savoureux ; l'autre affermira votre réputation auprès des fournisseurs ; quant à la bonne cave, elle vous attirera des madrigaux de vos invités les plus froids.

*
* *

— *S'habiller n'est rien. Savoir s'habiller, voilà le difficile. Persuadez-vous qu'avec de l'argent on arrive à tout, mais craignez que le grand couturier que vous aurez choisi parce qu'il sera le moins abordable, craignez qu'il ne s'offre votre tête dans les grands prix. Les couturiers qui se respectent, ne respectent leurs clientes que si elles sont capables de les diriger, ce qui n'est pas commode.*

En tout cas, si vous voyez par hasard que vous êtes fagotée, ne dites pas des femmes qui seront mieux que vous, que ce sont des grues. Votre injure ne porterait point. Il n'y a presque plus de femme à présent qui ne soit quelque peu flattée d'être prise pour une grue.

Consolez-vous plutôt avec cet axiome que posa Pierre Louÿs : « On ne peut pas habiller les femmes. » Laissez-en l'esprit, gardez-en la lettre, et faites semblant de comprendre.

*
* *

S'il a le souci de se montrer à la hauteur de sa fortune, votre mari sans doute entretiendra une sociétaire de la Comédie-Française ou une girl de l'Olympia. A aucun prix, il ne faudra vous en vanter. Il n'y a pas d'honneur à être cocu.

Ne vous plaignez d'ailleurs devant qui que ce soit d'être trompée. Votre chagrin serait risible. Et puis rassurez-vous : vous ne pouvez pas être trompée. Votre mari ne vous trompe point. Il passe une heure chaque jour dans le cabinet de toilette de son actrice, assez de temps pour apprendre qu'il a plusieurs factures à régler ; ou bien il dîne avec sa danseuse anglaise, qui lui reproche aigrement de ne pas savoir tenir sa fourchette.

*
* *

— Ne mettez jamais les pieds à la cuisine. Ne demandez pas à votre chef s'il ne pourrait pas vous faire un bœuf miroton.

N'engueulez pas la petite Alsacienne à cause des pommes de terre qu'elle épluche trop généreusement. Les Alsaciennes ont oublié d'être sottes. La vôtre riposterait : « Si Madame veut me montrer comment elle les épluche? »

*
* *

Tels sont les conseils généraux, pratiques, et désintéressés, qu'il convient de faire entendre à la femme d'un Nouveau-riche.

Je ne les donne pas sans mélancolie. C'est que je songe à la petite-fille de cette épaisse maritorne. Ce sera peut-être une duchesse, plus tard, s'il se trouve qu'un duc ait besoin d'elle. Et voyez le moins drôle : elle sera peut-être fine, élégante, racée pour tout dire, et nul ne s'avisera d'imaginer quelle grand'mère nous aurons connue.

UTILITÉ DES NOUVEAUX-RICHES

Quand trois hommes se trouvent réunis, il est constant qu'il y en a deux qui se moquent du troisième. Ont-ils le bonheur d'être gens de lettres, le troisième personnage est sans exception tenu par les trois, à tour de rôle.

Dans les milieux où l'intelligence est moins professionnelle et l'esprit de dénigrement moins systématique, c'est à jamais le même individu qui sert de pantin aux autres : tel le notaire aux diplomates, le bourgeois aux artistes, le prêtre aux radicaux, et le député à tout le monde.

On se fatigue en effet sans profit, à chercher des travers en une personne qui n'en a peut-être pas. Or, dans une république ordinaire, nul ne se fatigue, s'il n'a pas l'espoir d'un profit. Pour peu, par surcroît, que le désordre du temps vienne d'une guerre conduite à la va-comme-je-te-pousse, mais bien gagnée enfin, il est naturel que, désireux de se venger de leurs misères, les riches d'autrefois et les pauvres de toujours se tiennent, au moment de dauber les Nouveaux-riches.

Il s'ensuit que, rééditant à leur dam le miracle du 2 août 1914 suscité par l'Allemagne, les Nouveaux-riches rassemblent contre eux les rancunes, et sur eux les brocards. D'eux est née une autre union sacrée, d'un genre spécial, conçue en dehors de toute crainte bolcheviste, qui n'a pas manqué de nous être salutaire, et plus d'une fois, depuis le 11 novembre 1918.

Loués soient donc les Nouveaux-riches!

*

* *

Nul n'ignore, on aime à le présumer, que le Traité de Versailles n'a pas eu pour conséquence immédiate de faire succéder l'âge d'or à l'âge du fer. J'avoue quant à moi qu'il ne me souvient pas très bien des apparences d'une pièce de vingt francs.

C'est plutôt l'âge du papier que fut le nôtre. Les billets de banque ont pullulé. Il y en eut de formats divers, et même de cinquante centimes, paraît-il ; mais les receveurs de la compagnie des omnibus les gardaient au fond de leur sacoche. Les collectionneurs en eurent des joies insoupçonnées, sans aucun doute.

Cependant, s'il ne comprit pas d'abord que le nombre croissant des billets en diminuait la valeur et que le prix des denrées alimentaires montait en raison inverse de l'une et en raison directe de l'autre, le public, gros et simple public, s'aperçut qu'à force de n'avoir que des billets, même neufs, il finissait, lui aussi, par avoir un bon billet. Comme à La Châtre, il ne lui restait qu'à sourire. Il choisit de rire, précisément de ceux qui possédaient le plus de billets.

L'argent, dit-on, est un objet de mépris pour ceux qui n'en ont guère. Pour les autres, il est autre chose. Mais on ne méprise pas les gens riches qui aiment leur richesse. La morale en souffre, il est possible ; toutefois, la morale est étrangère à ce chapitre : nous parlons de réalités. A-t-on vu quelqu'un se fâcher contre un avare? On rit d'Harpagon. On ne prend pas plus de peine. Et le rire est un merveilleux expédient, quand la fortune est mauvaise.

Qui rit, trompe sa douleur. Ce n'est point là une telle vérité de La Palice.

Dans les jours difficiles où le pain se vend vingt-six sous le kilo, et la viande entre huit et dix francs la livre, le rire sonne, cruel et préventif, comme un hiatus volontaire au huitième pied d'un alexandrin laborieux.

Nous avons ri des Nouveaux-riches. Loués donc soient-ils!

*
* *

Il y a mieux : les Nouveaux-riches nous ont préservés de la Révolution. On aurait pu croire qu'ils en seraient le prétexte. Il n'en fut rien. Ce point n'exige pas de longs commentaires.

Depuis des siècles, on le sait : un gouvernement est assuré de vivre quand il donne au peuple les jeux du cirque. Ce fut pour le nôtre une singulière habileté, de permettre la poussée insolente des Nouveaux-riches. Il offrait des distractions à nos quotidiens soucis. Je ne dis pas gratuites, car enfin, vous et moi, nous en faisions les frais ; mais réfléchit-on?

Au théâtre, songe-t-on qu'on a payé pour se divertir?

Loin de le regretter, le spectateur qui laisse au guichet son argent, s'amuse avec moins de contrainte que son voisin, qui n'a rien déboursé. Il est établi que les auteurs dramatiques ne sont jugés sévèrement que de leurs amis entrés par faveur. Le cochon de payant, comme on l'appelle aujourd'hui de si élégante façon, il trouve toujours tout parfait.

Ainsi, nous avons beau grogner contre la vie chère, et crier contre les mercantis infâmes, et menacer, trois fois par jour, de chambarder la République à cause de son inertie coupable ; nous rencontrons un couple de Nouveaux-riches : nous pouffons : la République est sauvée. Elle compte aller jusqu'à la centième. Nous avons ri. Nous avons payé. Tant mieux pour elle.

*

* *

Il semble donc assez difficile de nier l'utilité des Nouveaux-riches.

Le Nouveau-riche est un instrument de politique, au même degré que le bureau de tabac qu'on accorde à un marchand de vins, s'il est énergique en temps d'élections ; comme la cravate de la Légion d'honneur qu'on suspend au cou des vieux dramaturges israélites, pourvu qu'ils soient chauves ; autant que les promotions du Mérite Agricole, si émouvantes ; autant que les urinoirs nauséabonds qui encombrent la voie publique à Paris ; autant que les bals du Quatorze-Juillet ; autant que la survivance inexplicable du notariat tel qu'il fonctionne chez nous.

Le Nouveau-riche n'était pas prévu par la Constitution de 1875 ; il est néanmoins devenu constitutionnel, par tacite complicité des parties, dupeurs et dupes.

Comme pour tant de belles choses à propos de quoi le dernier des journalistes se croit obligé de citer la phrase fameuse, on peut affirmer, sans peur d'être banal, que, si les Nouveaux riches n'existaient pas, il faudrait les inventer. Heureusement, ils existent.

Loués soient-ils!

CONSIDÉRATIONS DERNIÈRES

— Aimez-vous les vieux bouquins? Je ne parle, bien entendu, ni des premières éditions de Corneille, ni de tel Cabinet satyrique relié par Trautz-Bauzonnet : ce sont merveilles dont tout le monde aurait plaisir à peupler sa bibliothèque. Mais il en est de moins rares et de moins précieux qui ont leur charme aussi : ce sont les plus modestes des vieux bouquins, ceux qu'on trouve, encore à des prix abordables, parfois sur les quais, ceux que l'amateur ne recherche pas, les ordinaires, les courants, les anonymes, ceux qu'on méprise, ceux qu'on ne lit jamais, ceux qui font partie du prolétariat de la bouquinerie en quelque sorte : recueils de pièces non signées, ouvrages du XVIIIe siècle pour la plupart, choix de maximes, tableaux de mœurs, lettres supposées, récits de voyages, dissertations galantes ou politiques. J'ai pour ceux-là une tendresse particulière. Je n'en ai pas ouvert un seul sans y découvrir des pages amusantes, ou curieuses, et même belles.

Nous nous occupions des Nouveaux riches? Je tiens d'un ami un bouquin où il est question d'eux.

— Un vieux bouquin?

— Il est daté : *An VII de la République.* Il traite de maintes choses, de l'Opéra par exemple, puis du meilleur gouvernement ; et, en passant, des Nouveaux-riches issus de la Révolution Française.

— De qui est-il?

— Je ne vous le dirai pas. Il est bon de laisser un peu de champ libre aux professionnels de la critique. Songez que le Nil n'a tenu longtemps son prestige que de l'ignorance où étaient les hommes, touchant ses sources. Permettez-moi donc, en réservant les miennes, de vous mettre un passage de ce livre sous les yeux. Vous ne vous en plaindrez pas.

C'est à l'endroit où l'auteur déplore le triste état des mœurs de l'an VII. Vous jureriez que cela fut écrit hier. Par une habitude chère à tous les moralistes, celui-ci compare son temps aux temps antérieurs, pour mieux fustiger ses contemporains, comme juste. Écoutez-le :

*

* *

— « ... *On n'était point un grand homme ; mais on était aimable. Au fond, même vide, même absence de caractère et de pensée, mais en général on y retrouvait de l'atticisme, de l'urbanité. Le goût, l'esprit, la grâce, une certaine fleur de politesse, une élégance exquise de manières, une délicatesse recherchée, l'art de plaire, l'art de vivre, y composaient une foule de jouissances fines et fugitives, dont le charme indicible échappe à celui qui veut les décrire, comme le parfum s'évapore sous la main qui cherche à le fixer. Les mœurs n'étaient point meilleures, mais les manières valaient mieux.*

» Les esprits ont-ils gagné en profondeur? Je ne sais ; mais ils ont perdu en superficie. On a bien toute la corruption que donnent les richesses ; mais on n'a plus cette facilité de ton, cette aménité de caractère, cette attention des bienséances (la bienséance est la sensitive), cet oubli de soi-même, enfin, ces égards pour les autres, qui caractérisent l'individu bien élevé, et qui obtenaient, pour l'homme opulent ou supérieur, l'indulgence qu'en bonne morale il est obligé de solliciter.

» Dans tous les arts, et surtout dans celui de vivre, c'est d'une foule de riens inappréciables, et de minuties importantes, que résulte la perfection des jouissances.

» Je vous proteste qu'il y a tel homme, pour lequel sa manière de cracher ou de tousser m'a donné une violente antipathie. Que dirai-je de celui qui n'écoute point lorsque vous lui parliez ; qui adresse la parole à un autre, ou vous interrompt pour conter une histoire qu'il interrompt encore ; qui rit d'un sot rire ; qui, devant des femmes ou de jeunes demoiselles, mêlera, à une conversation intéressante, un jurement grossier, une expression cynique ; qui, tout à coup, quittera le cercle pour se jeter, ou plutôt pour se rouler sur un sopha, dont il écrase pesamment tous les carreaux, et sur lequel il s'endort et ronfle en votre présence. Celui-ci ne sait ni entrer, ni sortir, ni marcher, ni s'asseoir, ni regarder ; chacun de ses gestes est une gaucherie, chacune de ses paroles est une sottise. Cependant, il bourdonne, il importune, il domine, il écrase. C'est un parvenu.

» Du moins, sous l'ancien régime, on sifflait le maltôtier et les Turcarets ; le mépris balayait cette écume, cette ordure brillante. Aujourd'hui, les Turcarets sont les hommes les plus importants de la société. »

*
* *

Me voici bien embarrassé pour crier à présent contre nos Nouveaux-riches. Tout a été dit, même sur eux.

Si les mœurs étaient déplorables à ce point en l'an VII de la première République, dans quels termes déplorerions-nous ce que nous savons qu'elles sont en l'an L de la troisième République?

Mieux vaut y renoncer tout de suite et chercher là-même une consolation. Ce mal dont nous souffrons aujourd'hui, les Nouveaux-riches, il n'est pas si nouveau qu'un nom, trop vite forgé, pourrait le laisser croire. Il n'a fait qu'empirer. En le multipliant par le carré de la vitesse, nous le mesurerions exactement. Mais nous n'en étions pas morts. Nous n'en mourrons sans doute pas davantage.

*
* *

J'ai condamné le terme de Nouveaux-riches. J'ai eu tort. Il est fort habilement composé. Il a l'air de vouloir perpétuer un instant. Quelle jolie audace! Car, dans le temps même que nous disons d'une chose qu'elle est nouvelle, elle ne l'est déjà plus. Les philosophes en ont sophistiqué dans toutes les langues. Fions-nous donc à leur sagesse, puisqu'aussi bien nous n'avons pas d'autre ressource.

Les Nouveaux-riches ne seront pas toujours des nouveaux riches.

Les Nouveaux-riches sont provisoires.

Respirons.

Dans dix ans, il n'y aura plus de Nouveaux-riches. Il y en aura peut-être de nouveaux. Ce ne seront pas les mêmes. Les nôtres déjà ne seront plus. Les uns auront perdu leur fortune en quelque débâcle, les autres auront donné leurs filles à de joyeux galapiats qui ne respecteront pas cet argent mal acquis de la dot ; certains seront ministres ; beaucoup seront morts, d'indigestion ; quelques-uns enfin, vous ne les reconnaîtrez plus : ils seront devenus honnêtes.

*

* *

Tout sera, dans dix ans, rentré dans l'ordre.

Les saisons se poussent en s'emboîtant l'une dans l'autre, tels ces gobelets magiques d'un prestidigitateur. De loin on ne distingue qu'un gobelet. S'il y en avait de truqués, qui s'en apercevra?

Le moraliste peut se morfondre, et le pamphlétaire s'enflammer. Que nous reste-t-il, après le mépris, qui ne durera pas plus? Le souvenir d'avoir dit à ces drôles qu'ils sont des saligauds? Mais nous l'avons dit du bout des lèvres, comme si nous avions peur de nous empoisonner en ouvrant la bouche pour le leur clamer à la face.

Un sage a écrit :

— « *N'envions point à une sorte de gens leurs grandes richesses : ils les ont à titre onéreux, et qui ne nous accommoderait point. Ils ont mis leur repos, leur santé, leur honneur, et leur conscience pour les avoir : cela est trop cher ; et il n'y a rien à gagner à un tel marché.* »

En attendant, ils ont le sourire.

[Οὕτω τὸ πλουτεῖν ἐστιν ἡδὺ πρᾶγμα δή.]

ARISTOPHANE.

Paris ; 29 septembre 1920.

www.ingramcontent.com/pod-product-compliance
Ingram Content Group UK Ltd.
Pitfield, Milton Keynes, MK11 3LW, UK
UKHW040733190225
455309UK00004B/273

9 789366 387970